U0556180

秋风帖

魏琪 著

图书在版编目（CIP）数据

秋风帖 / 魏琪著 . — 北京 : 中国书籍出版社 , 2019.4

ISBN 978-7-5068-7235-5

Ⅰ . ①秋… Ⅱ . ①魏… Ⅲ . ①诗集—中国—当代 Ⅳ . ① I227

中国版本图书馆 CIP 数据核字（2019）第 027535 号

秋风帖

魏　琪　著

图书策划　成晓春　崔付建
责任编辑　尹　浩
责任印制　孙马飞　马　芝
出版发行　中国书籍出版社
地　　址　北京市丰台区三路居路 97 号（邮编：100073）
电　　话　（010）52257143（总编室）（010）52257140（发行部）
电子邮箱　eo@chinabp.com.cn
经　　销　全国新华书店
印　　刷　三河市华东印刷有限公司
开　　本　880 毫米 ×1230 毫米　1/32
字　　数　70 千字
印　　张　4.75
版　　次　2019 年 6 月第 1 版　　2019 年 6 月第 1 次印刷
书　　号　ISBN 978-7-5068-7235-5
定　　价　38.00 元

我的文学之缘（代序）

似水流年，今日怀想，我与文学结下深厚情缘，竟是在那遥远朦胧的童年时代。

从小学一年级起，每天我都会沿着一条弯曲悠长的小径到那所历史久远的学堂去。学校教室大概也就是五六排的样子，东侧有一个集会或上体育课的操场，教师办公室在南侧的一栋楼上，二楼西边有一个小图书室，而母亲就是这所学校的资深教师。她一生教书育人，甘当红烛，晚年的时候见我和妹妹相继离开教师岗位，步入党政机关，还充满依恋、惋惜地说："我做了一辈子教师，真的还没干够呢！"后来我进入学校所在区的宣传部门工作，多次有机会返回母校，许多当年痕迹依稀，只是觉得校园小了许多，或许早已是成人视角了吧。

记得是二年级时的一个黄昏，我照例去母亲办公室做作业，等她下班回家。母亲对我说下班后要参加政治学习，就带我到图书室去看画报。那是我第一次走进那片书的天地，发现汉字竟是这般的神奇美妙，尽管我当时文字积累不多，阅读的大都是《儿童时代》《少年文艺》《儿童文学》之类，然而已足够让我眼花缭乱、惊叹不已了。记得在那里我读了张天翼的《宝葫芦的秘密》、严文井的《唐小西在下次开船港》、陈伯吹的《一只想飞的猫》等。至今我还清晰地记得柯岩的儿童诗《帽子的秘密》和叶至善的科幻小说《失踪的哥哥》，前者写一个孩子想当水兵，他总是把帽沿拿掉；后者写放学回家的哥哥偷上大渔轮，结果不慎被皮带轮卷入冷冻仓，十年后，哥哥被解冻苏醒，他依然停留在十岁，有着孩子的容貌与记忆。这种近乎贪婪的阅读，贯穿了我整个少年时代。小小图书室，是我文学启蒙的航船，载着我瞭望壮阔无垠的书海，让我收获多姿多彩、晶莹的浪花。

上小学五年级时，“文革”开始，停课在家的我，阅读了母亲带回的《青春之歌》《林海雪原》《红旗谱》《苦菜花》以及茅盾的《子夜》、巴金的《家》《春》《秋》等，我被作家笔下栩栩如生的人物与曲折动人的情节深深地迷住，一些经典章节我甚至能大段背诵。一段时间，我迷恋上了普希金、泰戈尔、雪莱以及艾青、贺敬之、郭小川等诗人的诗歌，觉得他们写得是那样优美，作品营造了斑斓、灵动、充满梦幻、令人憧憬的世界。我完全被文学独特的魅力和春风化雨般的滋润人心的力量所征服了，幻想着有一天自己也能拿起笔，写下一些吸引人的华美文字。

我发表的第一篇作品是首儿童诗歌，刊登在当时的《群众文艺》上，大概是20世纪70年代的夏天，这极大地鼓舞了我写下去的热情，记得几天后我又一次来到设在市委大院的创作组，向早已成名的作家刘国华老师，谈了一个个自以为构思良好的故事。至今，我仍深深感念于那一辈老作家奖掖提携后学、诲人不倦的高尚风范，他们不惜付出自己的智慧与心血，期冀幼苗茁壮成长的拳拳之心，永远值得我们敬仰和学习。

当我讲了一个个故事后，国华老师沉吟了一下，爽朗率直地说："这些故事还缺乏生活的底子，有硬编出来的痕迹。构思的时候要多从生活出发，写自己比较熟悉的东西。"回去后我反复揣摩国华老师的话，调动自己能够把握的熟悉的生活，又连夜构思了一个儿童题材小说。第二天一大早，又去创作组向国华老师讲述。他听完后喜形于色，连声说："不错，不错，构思巧妙，又不脱离生活，是个好东西！"说完给了我厚厚的一大本500字一页的稿纸，嘱托我写完之后立即交来。在国华老师的精心修改下，不久，专门加了手书制版标题的儿童小说《小渠欢歌》在《群众文艺》醒目位置刊登出来，这让不满二十岁的我激动不已。多年来，我也一直以此作为文学生涯的起点。接着，我又创作了一篇小说《明天就要开学》，投寄给辽宁省的一本杂志《新少年》，很快该刊配发大幅插图予以发表。

1978年，我考入徐州师范学院中文专业，系统学习了楚辞汉赋、唐宋诗词、明清小说等中国古典文学，又对现当代中国文学广泛涉猎，同时还阅读了大量的外国文学作品，这一切都为日后的创作奠定了坚实的基础。

大学毕业前，我被分在一所乡村中学实习，学校操场后边便是一片苍翠的山林，清澈的溪泉从中蜿蜒而过，绯红的晚霞轻巧地洒落下来，好一幅充满诗情画意的图景！

下午送走学生们后，我喜欢坐在幽静的丛林小溪边静观美景，构思着社会生活中可能变为文学作品的东西。当时，电影荧幕初见芬芳，陈冲、刘晓庆、张金玲等一批艺术新秀脱颖而出，很是引人注目。我想她们应戒除骄躁，潜入生活，塑造出更多更好的艺术形象奉献给大家。有感而发，我创作了组诗《致银河新星》，投寄给名气很大的老牌诗刊《星星》。当时真没抱太大希望，认为名刊发表一个无名作者的作品的可能性很小。让我颇感意外的是，编辑很快给我来函，认为诗写得不错，近期将刊出。由此我也深深体悟到，只要是有新意、质量好的稿子，编辑总是青睐有加的。后来，我做了《连云港文学》的主编，也一直倡导从大量的自然来稿中发现好稿与人才，使优秀的文学新苗能有机会破土萌芽，茁壮成长。

大学毕业后，我先在中学任教，后进入区教育主管部门、区委宣传部门工作，其间一直坚持文学创作，除在家乡报刊《连云港文学》《连云港日报》《连云港科技报》等发表大量诗歌、小说、散文等作品外，努力向国家级、省级报刊攀登。江苏的《雨花》《青春》杂志多次发表我的组诗《都市风景》《红鸽巢》等，有几次还发表在头条，引起省诗歌界关注，我被特邀参加全省诗歌座谈会。接着，我在《人民日报》《中国作家》《中国现代诗》《中国青年》等报刊发表《夜上海》《证券交易所》《走出阴霾》等一批诗作。不久，我的第一本诗集《涌动的诗情》出版，省、市媒体均发了消息，并有评论见诸报刊。随后，我加入了江苏省作家协会。

1998年年初，我调入市文联任副主席兼秘书长，三年后任主席、党组书记。在市文联工作期间，我为繁荣全市的文艺事业竭尽全力，还特别邀请了一大批全国著名作家、诗人来连云港采风讲学。其中，有我敬仰已久的老作家——《苦菜花》作者冯德英，《乔厂长上任记》作者蒋子龙，影响几代人的著名诗人舒婷、赵丽宏，以及我省作家范小青、黄蓓佳、赵本夫、苏童、叶兆言、周梅森、储福金、毕飞宇等。省内外的知名作家、诗人除了写出美文，在国内有影响的报刊发表外，还悉心辅导我市作家创作，许多困惑已久的问题，经他们精辟点拨，似乎一下子豁然开朗，大有“四两拨千斤”之感。舒婷的《双桅船》、赵丽宏的《珊瑚》是影响我早期诗歌创作的“摹书”，当我把这些诗集展示给“心中的偶像”时，他们抚摸着自己的第一本诗集，不禁感慨万端，泪光莹莹。舒婷在诗集的扉页上写道：“魏琪诗人，爱诗，是你一生的率直和梦想，很高兴成为你的诗友。”赵丽宏也在诗集的首页写道：“魏琪兄，这是我的第一本书，其中有青春的梦想和憧憬。时光流逝，岁月无情，回首当年感慨不尽，青春难在，唯爱诗之心不老。”我会一直珍藏着这本诗集。

在文联工作期间，我除了做好组织协调工作之外，依然坚持创作，在国家、省市报刊发表作品，其中在《解放日报》“朝花”副刊发表的诗作《我属于中国》，《文汇报》“笔会”副刊发表的诗作《海鲜街》等均引起一定反响。其间，诗集《时光的回声》、散文集《联缀的米兰花》出版。作为对江苏文学的一次荟萃与总结，《江苏文学50年·诗歌卷》收入了我的作品。我还加入了中国作家协会，当选为江苏省作家协会理事。

让我难以忘怀是，我还代表港城文艺界，出席了全国第七次、第八次文代会，分别受到两任总书记江泽民、胡锦涛和两任总理朱镕基、温家宝的亲切接见，聆听了他们激动人心的讲话，深切感受到他们对广大文学艺术家的殷殷深情。会间也见到了铁凝、王安忆、冯骥才、陈忠实、贾平凹等一批仰慕已久的作家，他们都与我亲切交谈，表示有机会一定来美丽的连云港采风做客。

离开市文联后，我先后进入市委宣传部和市人大研究室工作。虽然不再分管文艺领域，却依然关注着我市文艺事业的繁荣发展，对心爱的文学依旧情真意切，难以割舍。我阅读了大量现当代有影响、有代表性的作品，并坚持文学写作，近年来我把近几年的作品结集为《魏琪抒情诗选》，交作家出版社出版。

文学于我，早已无任何功利可言，只是一种发自心灵深处的喜好，她浸淫流淌在我的血液之中，始终与我同行。

目录 / Contents

花果山抒情

在卷帙浩繁的典籍中
有一部大书熠熠生辉

关于路径探寻
关于冷酷怜悯
关于百折不回
即便无奈坐殿老巢
孩儿们顶礼膜拜
心也依然归顺
那道该死的紧箍咒
一有风吹草动
上天入地大闹天宫
也要驾云归来
为了西天的一帧帧圣经
九死一生
委屈钻心

在烈火中熔炼成
如此刚强而坚贞
都说巨卷未离此山半步
如潮的游客只为觅找神韵
水帘洞撕一片水帘写诗
八戒石摄一张留影沉思
南天门上腾云驾雾
玉女峰与仙子相逢
人人心中都有一部神卷
一步一景丰盈着情节
当年淮安才子也是这样么
博大的神山飘逸而又空灵
思绪云卷云舒
心绪游目骋怀
又走进大书意境
依旧旖旎缤纷
或许触目惊心

孔望山写意

时光犹如一道闪电
瞬间便逝过了几千年

当年山下是一片苍茫大海
圣人登临远眺
几多惊叹几多感慨
据说海滩上众多海生物
列队迎迓
仪式隆重
圣贤不禁脱口而赞
此乃礼仪文明之邦
无须吾传道也
于是这里便仙气氤氛
黄龙在此潜踪修炼
后得道升空
龙洞遗下后人祭拜

千年龙洞庵香火缭绕
那株糯米茶呢
沏一杯清香扑鼻
祈求年年岁岁平安
那尊白象王也涉水逶迤而来
步步莲花的美丽传说
圆润成石雕的今古奇观
佛神也从海上飘逸而来
摩崖石上造像生动千姿百态
娓娓向后人游说
这里是佛教流入九州第一崖
敦煌莫高窟三百年后
才有七彩裙裾翩然飞天
哦，神山在岁月中欢畅的音符，
铺设成海上丝绸之路
亮丽的起点

苏马湾素描

群山是一副偌大的磨盘
浪涛被打磨成妙曼的小夜曲

细腻的沙滩是飘逸的纽带
连接着蓝色的海水与黛色的山峦
千百年的流沙风烟
在山岬上勒下粗犷的诗句
海蚀石的一道道深邃皱纹
构成一座天然的山体博物馆
流动的历史在这里定格
汉代界域刻石
承载着边关岁月的烽火
金圣禅寺的廊亭
晨钟暮鼓推着柔浪低吟
传说中的藏金洞呢
羽化成迷踪难寻

苍松翠柏编织的
一幢幢造型别致的小木屋
是一个个灵动稚雅的童话
里面一定住着小松鼠和大白兔
当恋人走近的时候
她们睁大惊奇的眼睛
是迎迓还是调皮的祝福

这里是有情人的天堂
一对对俊男靓女
把玫瑰色的柔情蜜意
轻巧地洒在金黄的细沙上
海风的祝愿恰逢其时
吹起洁白的婚纱裙裾
让青春的手挽得更紧
在天长地久的岩石边
留下永不消逝的俏丽倩影

哦，夜幕降临了
悠长而曲径通幽的褐色栈道
在迷离的灯火中
又延伸出一道诱人的风景

将军崖遐思

六千年前的风烟是水墨的巨擘
偌大的天地间书写成一片混沌

或许这里曾是一派恣意的汪洋
飞卷的浪涛拍打着礁石
我们坚韧的先人
镌刻下神秘的信息与故事
或许这里曾是一片葳蕤的森林
电闪雷鸣风雨大作乱石涌动
我们果敢的先人
记录下羽毛装饰的人面兽脸
或许这里曾是一座巍峨的山冈
一个月光如水星辰闪烁的静好之夜
我们诗意的先人
用粗率劲直的线条
凿画出禾苗人像之中

太阳与星象的运行图案

在时光的隧道中尽情穿越
思绪是如此奇特而悠远
我们勤劳智慧的祖先
在东夷部落原始萌动中
在蓬勃地生长着
古朴诗歌与音符的沃土上
耕种下“民以食为天”的执着信念
观天测象的神来之笔
是虔诚的祭祀与崇拜
祈求风调雨顺五谷丰登
活的似天边的彩云般美好

岩画浸溢出的信息密码
是那样博大精深波谲云诡
是当今无法破译的“东方天书”
或许我们的后人“邃密群科”
来一次彻底的时光穿越
层层揭开岩画难解的千古之谜

渔湾风情

渔湾是水做的故乡
飞瀑流泻落下一只只水凤凰

水是大自然的精灵
她可以滋润万物
也可以任性肆虐
而渔湾的水是恬静浪漫的
史书游记中的云台山三十六景
“三潭汲浪”的美妙意境
留下彩墨挥就的印痕
在沧海桑田的史册中
这里曾是一片汪洋
渔湾是镶嵌其中的一枚珍贝
流动的帆影唱着朝发夕归的歌谣

三龙潭是清澈宁静的

峭岩斜立倒影如镜
一排排错落有致形态各异
似一幅浑然天成的水墨山水
二龙潭像一方碧绿的天池
彩鱼在彻骨水寒中遨游
荡起一道道晶亮的涟漪
把水中的山崖揉碎洒开
而老龙潭恰似巨龙腾空
飞瀑直流而下喷银溅玉
水雾云烟悄然弥漫笼罩四野
整个山峦便湿漉漉水淋淋的
映照出一道巨大的彩虹
水的世界里青石朦胧草藤朦胧
时隐时现的一帧帧风景
是故乡里最美的一个个缩影
那绿水汪清水汪黄水汪
汪汪联袂成一串翡翠
佩戴在古老的藏龙洞上
演绎出如今美丽的神话故事

哦，渔湾是故乡水的名片，
散发着温玉一般的情韵

孔雀沟一瞥

是夏日丰沛的雨水
在沟里诗意地流淌
两岸苍翠的竹林
以及亭亭玉立的水杉
倒映在沟里
便羽化成只只孔雀
在水中开屏展翅
唱着美丽的传说
在很久以前
有一对恋人在此生活
山霸看上了姑娘
便要强行欺占
刚烈的女孩跳进深沟
小伙子为救心上人
也跳进沟里
于是，天上便飞起一道彩虹

两只孔雀展开斑斓的羽毛
丽虹彩羽落进沟里
像无数只孔雀在水上飞翔
孔雀沟因此而得名
今天多少游人来此寻觅
在山水间怡情意境
真善美弥漫在彩色的沟里
也升腾在观赏者的心田

在敦煌

幽暗的莫高窟里
流淌着佛祖的神韵
七彩的飞天造型
叙述着空灵的博大
反弹琵琶的仙女
音符跳动着故事
每个洞窟里的奇妙
此刻仿佛睡着了
观瞻者却睁大眼睛
唯恐漏掉每一个细节
外面的鸣沙山摇起风铃
呼唤着现代气息
从沙峰顶上俯冲下来
刺激的尖叫声此起彼伏
月牙泉依然静谧地躺着
神奇的千古不涸

轻奏着浪漫的小夜曲
泉边有画家在描绘
柔美的波浪是清澈的
与流连的少女融为一体
有诗人在抒情
想象中的大千意境在飞翔
旖旎的碎片敛收聚合
此时的敦煌呵
醉在一杯浓酒里
人也醉在其中
不知方向为何物

玉门关

大漠遍野
羌笛声声
远处的黄河若隐若现
一片孤城仿佛耸立
长河源头的群峰之中
千百年来
多少人来此探幽
寻觅玉门关里
丰盈而苍凉的意境
这里是昔日的古战场么
看刀光剑影
听戟戈声响
当这一切默然消逝
只余关隘里遥远的回声
诗人来此游历
想摘一枝杨柳祭奠

却只因春风不度
哪里还有青枝绿叶

今天我走进关里关外
摩挲着褐黄色的城墙
在历史的隧道里徜徉
仿佛听到羌笛声又响
而连天的黄沙依然沉默

山村教师

他把孩子们的希望
担在柔韧的肩上
他用坚实的足印
带来山外的风景
他用一根扁担
挑来教材课本
山上雨季
他每天背着学生
趟过湍急的溪流
他把绚丽的青春年华
写在简陋的黑板上
告诉莘莘学子
山外有辽阔的世界
练硬翅膀可以凌空飞翔
他本可以离开大山
与妻儿过上悠闲的生活

是孩子们渴盼的目光
紧紧钩住他的心
他最幸福的时刻
是曾经的学生考上大学
孩子们视他为父母
他也离不开孩子
他说要永远教下去
直到教不动的那一天

中秋月

中秋的月
大如银盘
皎洁如水
古往今来
多少文人墨客为之咏叹
这是团圆的日子
像桌上的月饼
流溢着亲情
甜蜜温馨圆润
为了欢聚的一刻
曾付出多少艰辛
生活就是一枚月亮
也有阴晴圆缺
只要有希望梦想
就会有拼搏坚韧
在人类历史的长河中

溅起的每一朵浪花
都像清澈的月光
讲述着一个个动人的故事
汇聚成一轮大大的圆月
将不朽的光泽
流泻给大地山川
而心中美好的期冀
也在月色中绽放光芒

旗袍秀

并非只有少女
亭亭玉立旗袍秀
年过半百的女子
依旧身姿袅娜
舞台上色彩缤纷
江南水乡的灵动
手拿轻盈的油纸伞
仿佛飞天的画幅
旗袍是中华传统服饰
多少作家与诗人
写出女人的诱惑
不同的时代风情
便有不同的点缀
当生活清苦低落
美饰也显得异样
今天我们自由地呼吸

明媚的空气阳光
美丽的旗袍愈加生动
展现出迷人的色调
看行行女子款款走来
陶醉了流淌的时光

农家乐

短暂告别
城里的喧嚣烦躁
走进乡野
幽静的农家小院
客房宽敞简洁
盛得下清净的梦想
厨房里飘出浓香
活鱼草鸡冲击着味觉
这是何等的欢畅
时光仿佛变慢了
遐思像门前的小河
带着岁月潺潺流淌
昔日的农家呵
局促、凋敝、荒凉
进一次城
就像进了天堂

城里的穷亲戚避之不及
城乡隔着一座山
往来何等艰辛
今日的农家乐
唱着富足的歌谣
吸引着八方城里游客
享受着绿色清幽的时光
哦，农家乐
小康路上的一个缩影

中国好人

这是中华民族的根脉
坚韧、善良、助人为本
他们是一群普通的人
却在平凡中燃起一团火
送给那些最需要帮助的人
或许是朋友近邻
或许是素昧平生
当送去的玫瑰绽放
让手上的余香轻扬
生活的道路充满坎坷
手拉着手才能奋力前行
别说只是寒冬的一件棉衣
别说只是盛夏的一缕清风
“好人精神”传遍大地
我们便生活在美好的人间
到处都有动人亮丽的风景

落 叶

秋日的傍晚
一片金色的树叶
从高处飘然而下
我捡在手上
凝视许久
将它夹进诗集
让它与诗歌拥抱
一片落叶
一段沧桑的历史
从一棵树的萌芽
到抽枝展叶
再到枝繁叶茂
经历多少春雨秋霜
多少严寒酷暑
当秋天来临的时候
便落叶纷纷

这多像人的一生
从诞生到最终消逝
经历多少风雨剥蚀
在人类历史的长河中
这或许只是短暂的一瞬
值得我们倍加珍惜
即使做一片落叶
也要叶脉归整
金黄闪耀

海滨夏日

七彩的太阳伞下
缤纷的泳衣像一条条鱼
跃入蔚蓝的大海
溅起晶亮的浪花
夏日的海滨是梦的广场
轻盈美好的向往
贴着海面自由地飞翔
金黄的沙滩是爱的柔床
多少人在此沐浴阳光
微浪里人头攒动熙熙攘攘
奋力前行游出明天的渴望
你看那一对母女相互勉励
优美的泳姿像流动的诗章
这一对父子沉着干练
一口气冲向遥远的拦鲨网
更是那一对矫健的恋人

潜入水中很长很长
倏然海面上飞来汽艇船
犁开一道道闪光的波浪
哦，海滨夏日的交响曲哟
是这样的斑斓而悠扬

初中同学聚会

那时我们是青少年
有着懵懵懂懂的理想
语文课上构思小说诗歌
想当作家诗人美名扬
数学课上钻研习题
仿佛数学家在向我们招手
那时男女同学不太讲话
心里却悄悄想着她
几十年后的这次相逢
人生的况味在心中流淌

从四面八方赶来
这些年都怎么走过
再不是学生时代的模样
有的在仕途上崭露风采
庄重中依然亲切如旧

有的艰苦创业有成
还是当年豪爽的秉性
也有下岗待业的女生
悄然说着心里话
对未来还是充满向往
联欢会开得激情四溢
歌声诗朗诵在表达心声
聚餐时斟满美酒
在为明天的美好干杯
分别时依依难舍
何时都够再次相逢
泪水早已浸湿衣襟

白天鹅之影

在山东临沂
一个不起眼的村庄
鸟儿停止了聒噪
大雪遮盖了田野
一方池塘却未封冻
飞来了一群白天鹅
我们在农家乐住下
天色微亮便起身
在凛冽的寒风中
用相机对准白天鹅
希望留下美妙的作品
这并非那么容易
它们只是在池塘边
悠闲地走来走去
动作重复单调
镜头中的画面很不理想

是否天鹅们缺少刺激
像人类一样
在平淡中容易式微
于是，我们便在夜晚
打开汽车的前灯
向池塘扫射过去
奇迹出现了
天鹅们倏然亮翅
在池塘上空盘旋起来
那是多么美的图景呵
洁白的天羽忽闪忽闪
在夜色中像一个个精灵
绽放出迷人的花朵
我们的相机一阵抢拍
留下了珍贵难得的倩影

深圳一瞥

这里曾是
贫穷的代名词
小小渔村与对岸
炫目的东方之珠
形成巨大反差
多少人突破禁区
逃往繁华的“天堂”
祖祖辈辈的哀怨
何日才是尽头

一曲“春天的故事”
终于在这里唱响
惊人的“深圳速度”
演绎出一幕生动的活剧
一幢幢高楼大厦拔地而起
闪烁的霓虹灯连成海洋

蛇口工业区震惊世界
现代化从这里闪亮起航
深圳湾大桥是呼啸的长龙
把自豪的“龙的传人”描绘
走进“中华民俗文化村”
壮美的山河景象尽收眼底
徜徉在旖旎的“世界之窗”
五大洲的风采在瞬间观赏

哦，这里是中华巨变的缩影
每一步都是腾飞的诗篇

奉献之歌

这是一个令人难忘的夜晚
云台的翠竹垂首悲叹
黄海的波涛低迴呜咽
一个战士
一个平凡的人
一个卫士
一个伟大的英雄
静默地告别了
他魂牵梦萦的这片热土
这片波涛飞溅的海面
这块0.013平方公里的小岛
实现了他自己的庄重诺言
倒在了每日巡防的小道上

北京
中南海彻夜不眠的灯光

日理万机的总书记呵
闻讯发出重要指示
“要大力倡导
这种爱国奉献精神
使之成为新时代
奋斗者的价值追求”
从巍巍天山到锦绣江南
从青藏高原到五指山巅
英雄的名字——王继才
在祖国大地上到处传扬
他用无怨无悔的坚守和付出
谱写了爱国奉献的人生华章

那是32年前的一个夏日
县人武部老政委语重心长
“组织上派你去守开山岛
相信你一定能完成任务。”
就这样
他义无反顾地上岛了
那是怎样的情景呵
小岛上怪石嶙峋、杂草丛生
没有淡水没有电
呼啸的海风卷着孤独寂寞
一起向他袭来
为了实现自己的诺言

他咬着牙挺过了
一个个白天与夜晚
让鲜艳的五星红旗
高高飘扬在小岛的上空
48天后
挚爱的妻子王仕花毅然上岛
从此“开山岛夫妻哨”
便屹立在祖国的海疆

一朝上岛
一生为国
守岛就是守家
国安才能家宁
抱定这样的信念
夫妻俩每天都从升国旗开始
巡岛、观天象
护航标、写日志
一次海边巡逻中
王继才被大潮卷入海中
好不容易被妻子拉上岸
肋骨被岩石撞断三根
最难忘妻子临产
王继才手足无措
用步话机寻求办法
孩子终于出生了

夫妻俩给他取名“志国”
希望他当一名战士
立志报效祖国

开山岛地理位置特殊
成了犯罪分子眼中
走私偷渡的“天堂”
多少诱惑向他袭来
他坚定回击
9次举报线索
而儿子上大学学费却是借的
他怎能忘记
父亲临终前的呼唤
“继才怎么还没回来？”
怎能忘记
女儿辍学前的呼喊
“爸妈，我还想上学呀！”
他用泪水书写誓言
“人在阵地在
我决不当逃兵！”

日复一日
年复一年
一万一千六百多个日日夜夜
多少回断水断粮

他们打捞海生物充饥
多少回渔民兄弟上岛避风
他们无偿供应食物淡水
祖国与人民的利益
始终举得高高
把自己的身躯、智慧、心血
以及坚韧的信念
毫无保留地奉献给小岛
奉献给海防
奉献给他深深挚爱的
这片沃土与海洋

英雄逝去
风范长留
“要在开山岛守下去
直到守不动的那一天！”
如今他兑现了自己的承诺
永远留在了小岛
人民纪念他怀念他学习他
坚守心中的“开山岛”
唱响爱国奉献的时代高歌
书写瑰丽精彩的人生华章

外孙入学

告别了三年
童话般的幼儿园
与那些个玩具
挥手说声再见
终于跨进小学门槛
那明亮的教室
那宽阔的操场
那姹紫嫣红的中心花园
打开语文课本
老师教我们把唐诗念
那新奇的意境
像彩蝶一样斑斓
有趣的数学课上
苹果与梨子的加减
像生活一样甘甜
音乐课上的那支新歌

像一条弯弯的小船
漂向很远很远
品德课上背诵经典
《三字经》《弟子规》
让传统国学落入心坎
体育课上的跳绳比赛
让德智体全面发展
欢乐的校园五彩缤纷
成长与知识一同璀璨
今天我们是一株株幼苗
明天是祖国的栋梁参天

等着我

为缘寻找
为爱坚守
一档寻亲电视节目
道尽了人世间的悲欢离合

童年离却父母
双亲的形象已经模糊
父母丢失孩子
那是身上掉下的骨肉
生死与共的战友呵
你如今在哪里
记忆深处的恩师
你是否还活在人间
打开渴盼的希望之门
有雷鸣电闪般的惊喜
也有秋雨般的失落

这就是人生的交响曲
希望与失望轮番上演
你等着我
我等着你
这就是生活中的玫瑰色
努力前行的力量与源泉
哦，就这样在寻找中等待
大爱无边

城市家具

这里是大海的故乡
城市家具上跳荡着
一丛丛蔚蓝色的波浪

道路照明灯像灯塔
在茫茫海上熠熠闪光
座座候车亭像帆船
正在涛声中迎风远航
一行行指路标志像战舰
瞄准既定的目标航向
废品回收箱像只大海螺
阵阵潮声在悠扬地回响
小小电话亭像一只海燕
贴着海面在自由地飞翔
城市雕塑是一朵盛开的浪花
寄托着港城人晶亮的梦想

哦，城市家具奏响文明之曲
每个音符都异彩纷呈流利和畅
春风浸淫城市前行的步履
明天这里会更加斑斓辉煌

休　渔

休渔的时分
是渔家最甜美惬意的光景
机帆船要维修了
刷上一遍油漆
让这大海的骄子重现铮亮
船舱里贴上一幅画
那是丰收的景象
连着渔家幸福的梦想
偌大的渔网需要修补
飞梭织出鱼虾满舱的渴望
爷爷奶奶补上金婚的典礼
如今的日子是这样红火难忘
爸爸妈妈出国旅游
去看看埃菲尔铁塔和多瑙河
小伙子姑娘在海边谈情说爱
抒发着对美好生活的向往

哦，休渔的日子
大海在唱着欢歌
鱼虾在快乐地生长
蜜一样生活的渔家
又在积蓄着出海的力量
明天大船又将劈波斩浪
写下粗犷而又欢畅的诗行

果林曲

茂密的果林里
花果的歌总在回旋
桃花李花杏花梨花
构成一片起伏的花海
春风吹落几多花瓣
果林里便有了彩色的花径
那是春天的礼物
献给大地的萌发
倏然一阵春雨洒下
花海荡起层层微澜
晶亮的雨珠在枝叶上颤抖
阳光下变成了万花筒
那样斑斓眩目
当炽热的盛夏来临的时候
那些花儿便隐褪了
留下些微的果实

纵然风雨交加电闪雷鸣
依然挺拔地灌浆从容地生长
度过一生中最辉煌的时刻
当清凉的秋风掠过果林
沉甸甸的果实便微笑了
果园里飘着馨香
留下一行行收获者的足印
欢乐的笑声与果林曲一起
飞出很远很远

思　念

思念是一支唱不尽的歌
永远伴随着生命的历程

初恋的情人去了远方
像夜莺在枝头啼唱
那是甜美爱的呼唤呵
何时才能相拥相伴

父母去了遥远的天国
常常在梦中相逢倾诉
梦醒时分泪湿衣衫
多少话儿还没有说完

漂亮的妹妹香消玉殒
我不敢走过她的门前
那种钻心的思念呵

灼痛我湿润的双眼

尊敬的恩师驾鹤西去
我的思念是飘逝的白帆
哪里去寻找感恩的彼岸
愧疚在澎湃的心潮弥漫

思念该思念的一切
人生单纯而又复繁
有苦涩又有甜蜜
是一道不竭的清泉

温泉小镇

千万年前
在很深的地下
大自然巧夺天工
沸腾了一方泉水
各色元素是音符
汇成神奇的水之曲
多少人蜂拥而至
只为沐浴歌的洗礼
我的想象插上翅膀
在这片奇妙的沃土上
掘开一个洞穴
仙姑便拖着裙裾
飘然来到人间
纤纤素手洒下甘露
芸芸众生也羽化成仙了
中药浴、咖啡浴、玫瑰浴

洗尽生活的污垢
芳香的身体愉悦轻松
又把崭新的一天描绘
当东方露出鱼肚白
小镇便喧闹起来
衣食住行粉墨登场
都奔着泉水而去
这大地的慷慨馈赠
给小镇人带来滋润富足

少年宫

这里是天使的摇篮
小丘比特展开双翅
飞向欢乐的海洋
书画、歌舞、航模、武术
像一道七色彩虹
流淌出斑斓的色调
稚嫩的心灵上
留下美的追求
像一株株树苗
正绽开碧绿的叶瓣
画出美丽的山水
抒发对祖国母亲炽热的爱
载歌载舞飘然若仙
艺术之神飞上蓝天
让航模变成飞船
去寻找外星上的小伙伴

劈腿展拳出击
让中华武术代代相传
感恩祖国
给了我们翱翔的天空
感恩父母
让我们的生命绽放美丽
感恩老师
用琼浆玉液精心浇灌
今天我们在少年宫里点燃梦想
明天我们是现代化大厦的栋梁

爱　情

在那遥远的年代
为了追求自由解放
宁可抛弃生命与爱情
今天的花前月下
爱是纷飞的蝴蝶
追逐着甜美与幸福
两性的吸引
是人类永恒的主题
不同的岁月里
爱的价值旖旎诡秘
生长出蓝色的勿忘我
相思总是难免
初吻也刻骨铭心
也有失恋的苦涩
因而惧怕爱情
生活的乐章里

爱情是亮丽的音符
点燃激情的火焰
在时光的流逝里
爱情也会慢慢变老
在平淡的爱里
是执手相向
是相濡以沫
爱的意境升华了
似老树新花
依然散发着浓郁的馨香

母　亲

关于母亲的记忆
是慈爱而又严厉的
还是在少年时代
我想装矿石收音机
非常渴望一副耳机
可母亲总说太贵
硬是让无线电厂的舅舅
给我装了一副土耳机
我喜欢打乒乓球
羡慕同学的胶皮球板
她却用木板刻了一副
让我的球星之梦
在简陋的球板上飞翔
她做了一辈子教师
桃李满天下
把挚真的母爱

注入每个学生的心灵
她用行动教会我们善良
左邻右舍她总是尽力帮助
有时借出的钱不要归还
她爱我们爱得深沉
我结婚时打家具
她亲自拉着板车买来木头
她教会我们做人
点燃了我们的信念
让我们在属于自己的岗位上
去蓬勃的发热发光
一直到生命的最后时刻
仍叮咛我们不要耽误工作
母亲走了很久了
我常在梦中与她相见
感受她的爱意与教诲
梦醒时分
早已泪眼婆娑

父　亲

都说父爱如山
父亲留给我的
却是点点滴滴的往事
是雨天校门口的一把雨伞
是家长会上的率先发言
上大学了我要飞翔
父亲勉励我扎根家乡
像一粒种子萌芽生长
他把入党志愿书
镌刻在我的心灵
让我的信仰之树
根深叶茂
当我的事业之花开得艳丽
他告诫我要内敛含蓄
默默走向更宏大的空间
当我的人生之路遭遇坎坷

他让我坚强应对无须气馁
迎接更加美好的明天
他对我写的作品
是那样偏爱钟情
总是反复阅读
对我发表匠心独运的感言
二十多年过去了
我感觉他依然在我身边
微笑地看着我
说不完的知心话
潜移默化间
伴随我阔步前行

鲜花小镇

这里的每一片土地
每一间房屋
都飘着浓郁的花香
相传很久以前
花仙子拖着裙裾
播撒下甘霖与种子
于是，这里便成了
欢歌与鲜花的海洋
百合、风信子、郁金香
菊花、红牡丹、鹤望兰
争奇斗艳竞相开放
小镇四季如春色泽斑斓
花是美的使者
带着祝愿与期冀
飘向遥远的城市
走进每一间温馨的客厅

花给小镇带来福祉
每一幢漂亮的别墅里
都藏着致富的故事
那是心海溅起的浪花
与鲜花交汇相融
每一位走近的人
与小镇人一样
脸上洋溢着如花的笑靥
深深地祝福
幸福之花常开不败

槐花落

又是槐花落满地
馨甜飘散
这洁白的小小精灵
一抔槐花忆旧时
孩提的梦幻里
是美食的滋味
树下是欢欣的天堂
奶奶总让我捡许多
做成槐花饼
总也吃不够
长大后槐花淡去
只是在它盛开时
撷几朵叶瓣
夹进书页
让诗意在笔下流淌
它的内涵是如此丰富

每当看到它
便忆起一个时代的影子
感叹岁月无情
人生易老
总想加快步履
在生命的长河里
溅起朵朵晶亮的浪花

五月端阳

是汨罗江的水花
溅起永久的思念
米粽沉在江底
让鱼儿不要触碰
一个伟大的魂灵
执着地求索真理
有时要付出巨大代价
乃至热血与生命
想起了江竹筠刘胡兰
想起了董存瑞黄继光
今天的端午
是一派温馨祥和
艾草升腾起香气
荷包系着美好的期冀
甜粽滋润心底
却不能忘记

真善美的厚重含义
让节气染上心灵的火花
辐射耀眼的光芒
去追求生活的真谛

迎春花

渗进了太阳的光芒
这鹅黄色的花瓣
春风春雨第一枝
唱起明丽的迎春谣
我在院子里初栽时
只是柔弱的几枝
几年光阴飞逝
便蓬蓬勃勃的一片
成了春的河流
严寒的时候
深含不露
只见根根枝条缠绕
有人疑问
它是真的枯萎了么
当几丝春寒掠过
草木还在酣睡

它便执着地大声发言
报告新春即将来临
有人说
它像一团火
点燃春的希望
有人说
它像清亮的芦笛
催醒万物萌发
当大地郁郁葱葱的时候
它便悄然不语了
哦，迎春花
你这大自然送给人类的精灵

山菊花

在苍莽的群山中
山菊花挺着笑脸
绽放出一片绚丽
大山是一座宝藏
古木参天
花藤缠绕
果实累累
更有那奇石嶙峋
清澈的山泉流淌
山菊花似乎被淹没
却毫不气馁
在属于自己的一方天地
自自然然地生长
当凛冽的寒风吹来的时候
她便沉默不语
当又一个秋高气爽的时节

依然蓬蓬勃勃地开放

哦，人生如菊

不求闻达

默默前行

从前慢

从前的生活
像静谧乡村里
袅袅升腾的炊烟
一壶酽酽的粗茶
便醉了绵长的时光
脚步是轻盈缓慢的
休闲的池塘边
垂钓着一种心情
给远方的朋友写信
等待是鸟儿悠悠飞翔
在慢的节奏里
细细品尝生活滋味

时代发展的快节奏
写下巨变的宏伟诗篇
赶超世界先进水平

只争朝夕时不我待
在行色匆匆的足步里
留一点从前的慢生活吧
那是继续前行的加油站
慢与快里充满着哲理
在品味中体悟生活的七彩斑斓

感　恩

这是人世间最美好的词语
一股暖流在心中荡漾

从咿呀学语到伟岸五尺
多少心血幻化成图景
是灯下播撒出的书香
是放学校门口的雨伞
是远行的行李与叮咛
是梦中惊醒的牵挂
岁月也在老去
唯有感恩依然年轻
忘不了
在人生的十字路口
有人睿智地指点迷津
当生活倏然跌入低谷
一只暖手送来信心与力量

当玫瑰花簇拥而来
有人送来清醒的冰泉
忘不了
是谁给了我施展才华的平台
让我上演了有声有色的活剧
生活中的每一个角色
需要多少配角扶持
读懂感恩
你会觉得天高地阔
总在酝酿如何回报
对身边的每一个人
都投以美好的目光
哦，感恩是人生的动力
航船因此而乘风破浪

树　下

粗壮的树下团团浓荫
有两个人在喁喁私语

在遥远的孩提时代
他们青梅竹马两小无猜
后来又一同上学
成绩都很拔尖
他们相约
等考上最好的大学
相约在村头
这棵老槐树下
可阴差阳错
等见面时
竟是别离
他们将奔赴不同的城市

开始信息往来
后来逐渐稀疏
再后来消息全无
他们各自都有了恋人
回乡探亲时
竟不约而同地
在老槐树下相遇

往事像一团火
燃烧着记忆
理智像一汪清泉
渐次将火苗扑灭
他们悄然回忆岁月
发出会心的笑声
又在这棵树下
彼此最美好的祝愿

清明，唱给妹妹的挽歌

妹妹走的时候
我就在身边
她微笑的面容
似在与痛苦告别
她是那样热爱生活
总把自己妆点得漂漂亮亮
她一生好强
工作出色
在任何岗位
都弹奏出最美的乐章
她多想与亲人一起
享受暖暖的温情
共度天伦之欢乐
凶残的病魔缠住了她
她与它搏斗了六个春秋
终无回天之力

去了遥远的天堂
妹妹，你在那边好吗
收到我们祭奠的思念了吗
你一定也在想念我们
都说时光可以冲淡一切
可我们的缅怀逐日深
你的音容笑貌总在浮现
但愿你好好休息
一觉醒来
又回到我们身边

伊芦山梅园

从缥缈的远古走来
这座神秘的海上仙山
商代贤相伊尹
在此山中结庐修炼
在这片风水宝地
诞生了中华第一梅园
千亩梅花盛开
把梅的世界点燃
更有那梅王梅后
相传伊尹亲手栽培
历经千年依然娇艳
“寻常一样窗前月
才有梅花便不同”
古往今来
有多少咏梅的诗篇
在风雪中挺立

俏不争春
把幽香轻传
红梅、美人梅、绿梅
风格各异
把姹紫嫣红妆点
更有那梅妻鹤子的传说
宋代诗人林逋厌恶做官
隐居深山植梅养鹤
一生以梅为妻以鹤为子
留下“疏影横斜水清浅
暗香浮动月黄昏”的名篇
多少赏梅人从八方走来
在梅园里题照留念
带走几缕淡淡的思索
化作片片扯不断的梦幻

初　夏

这座城市的春天
短暂的像一瞬
刚刚闻到醉人的芳香
初夏便已来临
柳枝变得浓绿
小草披上盛装
田野里的庄稼蓬勃生长
清亮的河水有了温度
天空也变得湛蓝而辽远
蝉儿开始啼鸣
夜晚的青蛙一声声呼唤
初夏就是这样的季节
衔接着春的露珠与微风
向往着盛夏的热烈与粗犷
想起小时候的初夏之夜
在小小的院落里

缠着奶奶讲故事
那牛郎织女的传说
听得是那样入迷
起风了
初夏夜的微凉
却总也不想进屋
现在忆起
是那样温馨美好
我想起人生的初夏
是一生最珍贵的时节
吮吸着知识的琼浆玉液
开始了社会的历练
迎接着盛夏的风雨
准备着收获
那硕果累累的金秋

小鸟在枝头歌唱

春的枝梢上
绽出碧翠的芽瓣
在微风的吹拂下
笑靥愈发动人
一只彩色的小鸟
站在颤抖的枝头
在湛蓝的天空下
叽叽喳喳地欢唱
它刚刚告别严寒
凛冽风雪的时候
它在哪里过冬呢
今天清晨
它一身斑斓的春装
与早春接吻
它是初春的使者
从广袤的田野飞来

羽翅上带着晶亮的露珠
以及泥土的芳香
它留恋青绿的小麦
和不知名的野花
它用惊奇的眼睛
注视着城乡的变化
这是万物萌发的时节
一片片的七彩缤纷
一幢幢的高楼拔起
它用美妙的音符
歌唱早晨的阳光
歌唱丰盈的希望
这大自然的精灵
这报春的鸟儿
又振翅飞走了
去播撒温润的春的信息

清　明

清明时节
霏霏细雨刻上碑文
一座山上人群攒动
缅怀插上翅膀
飞向遥远的天堂
祭典是最浓的乡愁
父母的味道是那样酣稠
孩提时小小的村落
炊烟袅袅的呼唤
长大后分别时的叮咛
都在纸钱里燃烧
敬上一杯酒
父亲微醺的样子
又在眼前浮现
献上新鲜的水果
母亲的殷殷笑容

传递进流泪的肺腑
有双亲存在
永远都是孩子
那亲昵的叫声
如今都成了难忘的思念
此刻，我想唱一支挽歌
却又不知如何唱起
于是，写一首清明的小诗
但愿父母能够听见

绿　萝

碧翠是她的色调
悠长是她的风格
从一株小小的嫩芽
到披成一簇深绿
默默地吮吸水分
在不需要阳光的地方
悄然长成浓荫
每一片叶子相拥
形成亲密的集体
不似花的高贵
在随意的环境中
都能生根长大
这是人生的写照
生活的况味
绿萝是一面镜子

车　站

分别的瞬间
凝聚成情感的散板

世间多别离
曾有孤独的驿站
多少唱和咏叹
千古流传至今
车站是一种象征
鸟儿飞累了
暂栖一会儿
又飞向下一个地方
四季里的花开花落
有炫目的丽色
也有沉默的等待
车站是一首歌谣
每个音符里都有故事

亲人去远方
恋人的小别
还有多少期盼
在这里甜美的重逢
生活就是一座车站
每天都在演绎剧目
你我都是其中的角色
车站是一部书籍
读出字里行间
杂陈的况味

观先进事迹展览

文明的一帧帧历史
绚丽的一朵朵浪花

田野上悠扬的歌声
音符结成丰硕的果实
厂房里闪亮的工件
装在行进的车辆上
无影灯下的手术刀
是生命在急切地呼唤
三尺讲坛热流涌动
百花园里姹紫嫣红
军营里电光闪闪
高科技战争起未雨绸缪
心灵是一面镜子
照出生活的剪影
标杆在眼前闪烁

塑造出宏大的魂魄
平凡中蕴藏着巍峨
时光连缀着无声的坚毅
哦，漫步在七彩缤纷的长廊，
经历着春雨潇潇的洗礼

夜　读

书卷里藏着星辰
读出一枚皎洁的月亮

几千年的文明史
不可能一下子读完
将时间分割成
无数个闪亮的夜晚
从盘古开天辟地
读到浩瀚的二十四史
那些硝烟弥漫的故事
一次次震撼着
我的心灵与思绪
岁月里有血腥的争斗
更有文明的发现与传承
从汉赋到唐诗宋词
崛起一座座文学的高峰

明清小说里的那些人物
个个生动清晰栩栩如生
打开外国文学史
从荷马史诗里的
伊利亚特与奥德赛
再到欧洲文学园地里的
一位位大师巨擘
写尽了人类前行的真谛
读史使人变得清醒
文学使人变得睿智
生活的色彩斑驳迷离
读书读出会心的况味
那一个个坐标
愈发变得真实而亲近

哦，书卷里藏着哲理
读出人生的每一段史册

致朋友

荡秋千一样
生活起起落落

在大森林里寻觅
听到几声动物的鸣叫
心里一惊
多盼望一只暖手
拉我一把
在圆舞曲里流连
晒着幸福的光圈
有些忘乎所以
多需要一副清醒剂
冲淡酿造的蜜汁
一同前行
脚步有快有慢
时间是化合物

可以中和距离
杯盏中的影子
往往不可靠
醇香一旦散尽
倒影便会变形
两只梅花鹿高歌
有时旋律碰撞
彼此错开半拍
各自音符依然优美
目标在远方
地平线上的旭日已升起
金辉洒在早行人身上
是如此和谐明亮

窗　口

小区的窗口繁如星辰
月色与阳光是她的历史

每一扇窗口都有故事
并非都是忧伤或甜蜜

锅碗瓢盆交响曲
每一天都在郑重上演

倏而跳荡出几个音符
便有了窗口不一样的风景

哦，窗口是生活的反光镜
映照出每天隐藏的旖旎

桃花令

当桃花盛开的时候
天上的丽云便飞走了

溪水上飘着片片花瓣
不知道将流向何方

蜂蝶在花上飞舞
去年它们也是这样歌唱

桃花尽日随流水
古人咏桃总惜别依依

春风又度景色新
明年桃园更芳菲

蔷薇谣

蔷薇河在时光中穿越
金色的光线洒在身上
粼粼波光在轻柔地跳荡
深情地流淌在故乡的河床
难忘的童年时代
我曾流连在青石板小巷
也曾在清亮的山溪边汲水
在茂密的果林里嬉戏
却总是向往这条宽阔的河流
在她的怀抱里劈浪前行
母亲河用甘甜的乳汁滋养着我
我青春的理想在这里放飞
人生的故事从这里起源
我曾乘着帆船逆流而上
饱览着沿河两岸的风光
在这河流的上游呵

倏地有着黯然的忧伤
清澈的水质被污染
我听见母亲河在低声地哭泣
于是，汗水与智慧向这里奔流
向污浊宣战
浑厚的潮声在大河上下飞卷
在岁月的激流声中
我又见到道道清流奔涌而来
那是喜极而泣的泪水呵
滋润在故乡人的心头
珍惜这清泉般的母亲河
像珍惜自己的血脉与眼睛
既然大自然哺育了我们生命
我们就该献上一支
护佑与赞美的歌谣

广场舞

歌声是一阵阵蓝色的季风
水面上扬起柔美的波纹

身手依旧舒展矫健
舞出生活节奏的韵律
青葱岁月美好的忆怀
那朦胧情感的萌发
对未来日子的向往
都曾在足下静静地流淌

当柔曼舒缓的乐曲响起
脚步变得轻盈起来
那是恬淡静好的时光
留下玫瑰色的印痕
音乐变得激越昂扬起来
舞步速动旋转加力

那是激流飞泻的时刻
尚需沉着稳健地应对

方阵是人生前行的舞台
齐整协调才能奏出和谐音符
当优美的旋律又一次响起
生活又走进一曲新的乐章

阳台上的花

阳台上的花
是都市里的一方沃土
结出的绚烂果实
这片黝黑的土壤
是我从广袤的田野
带回的大地的礼物
她曾在悠长的地平线上
沐风栉雨吮吸着甘露
无拘无束的
在大自然里自由地歌唱
走进城市一隅
走进这钢筋水泥的世界
她依然把存有的乳汁
毫无保留地奉献给花的根须
在庞大的植物家族里
阳台上的一丛花卉

或许显得冷清而孤独
在这块小天地里
却把生机与丽色
浓墨重彩地渲染
因为她深深地懂得
这片有情有义的黑土
从遥远的地方走来
就是要滋养这片凝固建筑里
一簇绿意与色彩
放飞缤纷的希望
根，深深地扎进泥土
生活才能展现出
热烈的馥香与光华

回家过年

无论是在千里万里
海角天涯
还是雪花飘飘
风雨缠绵
匆匆的脚步奔向
一个甜美的信念
那是远方心灵的呼唤
回家过年

回家过年
把攒了一年的情感
还有大包小包的礼物
带在身边
父母盼儿回家
望穿双眼
妻儿盼亲欢聚

喜泪涟涟
一年的辛劳与别离
铺满回家的路
等着相逢的时刻
阖家团圆

父亲身体还那么硬朗
早把屋子打理洁净
母亲还是那么忙碌
早就备好过年的好饭
多少回梦里回家
道不尽的乡音乡情
多少次拥抱父母
说不完的梦绕魂牵

呵，回家过年
释放一年浓浓的思念
生活总是聚少离多
相思才这样珍贵浓酣

大朋友唱给小朋友的歌（二首）

在海边

我家住在大海边，
打开窗户，
涛声便钻进我的耳畔，
夜夜伴着我入梦，
尽是些七彩的画面。
涨潮的时候，
有小鱼游到我的脚下，
睁着惊奇的眼睛，
微笑着摇起尾巴，
问候我新一天早安；
落潮的时候，
小螃蟹爬到我的桌前，
问我今天的作业，

是不是已经做完？
夕阳西下的时候，
我托着腮趴在沙滩，
望着远方的大轮船，
想呀想，
爷爷当年打渔的时候，
摇着破旧的小舢板，
一个浪涛涌来，
小船儿差点儿打翻；
现在爸爸出海，
开着现代化的大渔船，
乘风破浪捕大鱼，
再也不怕坏脾气的老天！
长大后呀，
我还要当个发明家，
制造一种无人驾驶的船！
坐在明亮的办公室里，
按按电钮，
就能自动航行捕鱼，
还能自动分类、包装并保鲜。
今天，我要好好完成功课，
才会有神奇美妙的明天！

寄贝壳

西部的小朋友未见过大海，
也未见过斑斓的贝壳，
来信中充满着向往。
退大潮的时候，
我走得很远很远，
捡来一枚枚美丽的贝壳，
寄去大海边的问候和思念。
寄几枚珍珠贝、白玉贝，
愿我们的友情晶亮又珍贵；
寄几枚夜光贝、虎斑贝，
愿“小老虎精神”闪烁着光辉；
寄几枚七角贝、钻心贝呀，
愿你学习上天天都有奇思妙想。
我还要寄几个马蹄螺、凤凰螺、弹头螺，
愿你做成一个小螺号，
“军事演习”的时候，
吹响向“敌人”冲锋的号角！
我还要寄几个海螄螺、红鲍螺、海蜗螺，
让你放在枕边，
经常听一听呀，
远方小朋友居住的大海边，

刮没刮风，

涨没涨潮，

捡贝壳的小朋友呀，

衣衫会不会被浪花追咬……

超　市

现代文明的一列列展示
是如此的丰腴富足炫目

在黝黑广袤的沃土上
成熟的稻谷玉米大豆高粱
在初春的诗与远方里
唱着期冀收获的歌谣
超市是一支变奏曲
有多少汗水的音符
就有多少生活的斑斓
小货车推着的
是一种追求与渴盼
老人们钟情生活区
精心编织着
让儿女常回家看看的花环
年轻人青睐电子区

在图像上追逐高科技的足印
而玩具是儿童们的天使
一群雏燕从这里飞进飞出
纷绕寻觅的人群呵
走进一片远阔的大森林
折下一束束枝叶
装点着每一个早晨和黄昏
日子便变得真实而有色彩
连缀成一片
构成平凡而充实的一生

图书馆

这里一定是天堂的模样
汇聚着人世间所有的美好

我们勤劳智慧的祖先
曾经把“四大发明”
镌刻在人类的史册上
于是这里便有了隐形的翅膀
飞到列队的书架旁
飞到排排的座椅上
思绪是扬起的飓风
在浩瀚的星汉间遨游
在深邃的海洋里探寻
书涧里奔涌着溪流
飞溅起一朵朵浪花
开在生活的每一方天地
滋润着绮丽芬芳的心田

这里的笑语是无声的
这里的汗水是沉默的
两鬓斑白的老者
带着稚气童真的孩子
在书页间展开接力赛
一个个音符撞击着
悄然飞出神圣的殿堂
在清新的城市上空
久久地、久久地回旋

雨　巷

江南的雨巷属于油纸伞
属于丁香姑娘的高跟鞋
在悠长的青石板发出的
诱人的声响
烟雨水乡的桨声
与雨巷映照交融
汇合成南方独特的韵味
北方也有雨巷
或许不那么狭窄悠长
却有着市声熙攘
雨是酣畅淋漓的
在斗笠蓑衣上欢快地流淌
一声声高嗓子问候
或是去繁忙的农事
或是去甜美的相亲
或是去老朋友聚会

觥筹杯影间的喧闹
一叙生活的斑驳纷杂
南方雨巷的初始是静悄悄的
不动声色之后或许是热烈的
有一种静态中的动态美
而北方雨巷的起始
就是粗犷声嚣的
或许喧哗之后的落寞
又归结于一种静态之美
这是北方的风格
大野之上人情世故的传承
哦，不同的雨巷折射出
活色生香的人间百态
构成流动生活的七彩斑斓

护城河

轻柔的水波是一面偌大的镜子
映照出城市旖旎多姿的身影

朝霞给她穿上金黄色的衣衫
柳条轻抚着她俏丽的脸颊
她在深情地回忆着往事
注视着人流车流的沧桑变迁

污浊与尘埃曾向她袭来
她在夕阳下偷偷地哭泣
离人与自然是那样遥远
生命的意义是如此黯淡

当和煦的春风吹绿了两岸
当嘹亮的哨音吹醒了河床
一夜梨花使水变得清亮

全新的观念是歌声在飞旋

于是这里有了悠闲的垂钓
有了小船在轻轻地荡漾
岸边草坪上散步的情侣
记忆深处留下芳草鲜美落英缤纷

哦，护城河是都市的一面镜子
映照出生活七彩的光芒

秋风帖

城市与乡村的秋天
颜色不尽相同
当清凉的秋风掠过
田野的稻谷是金黄的
各种果实是鲜亮的
而都市的秋意
是隐藏含蓄的
那甜美的果实
是从水泥森林里流出的
那颜色是凝重的
春是滋润的时节
那一粒粒饱满的种子
怀着缤纷的梦想
在雨丝中萌动
又迎来夏的火热洗礼
经受着坚韧的考验

而变幻莫测的秋风
把夏的浓烈的浆汁
雕塑成千姿百态的硕果
这是秋风对春的最好回答
这是秋风对夏的最好展示
当凛冽的寒风来临的时候
秋风便沉默不语了
这便是她的性格
又在酝酿新一轮诗意

自行车畅想曲

充满幻想的童年时代
自行车绝对是件奢侈品
飞转的轮子载着我
在甜美的梦乡里遨游
我把父母给的零用钱
送进出租车车行
来到宽阔的广场
开始人生第一次离地的飞翔
摔倒爬起周而复始
终于可以自由地欢唱
后来姐姐工作进了工厂
家里有了第一辆自行车
我央求姐姐清晨傍晚
让我骑到街上兜兜风
去吸引那些艳羡的目光
后来我工作进了学校
有了自己铮亮的坐骑

那是一段多么美妙的时光
每天上下班汇入自行车的洪流
多么壮观惬意而令人神往
那时的天是那样的湛蓝
空气是那样的新鲜
城市是个天然氧吧
呼吸是那样顺畅
我也曾做过轿车梦
可当梦想成真的时候
却又带来淡淡的忧伤
交通严重的堵塞
尾气污染的膨胀
天空是灰蒙蒙的
令人揪心的空气质量
我怀念过去的日子
怀念那自行车的交响曲
当我有一天漫步街头
突然发现有了“共享单车”
我久远的心灯
倏然被点得通亮
呵，朋友
加入到绿色环保大军中来吧
城市因你而璀璨芬芳
让更多的自行车转动起来
生活的风景因此而和谐美丽端庄

远　方

远方有玫瑰和诗
有心灵深处久远的呼唤

童年时代的远方
是长大成人的企盼
是战士手中的钢枪
是科学家打造的飞船
后来的远方呵
是青藏高原的哈达
是东北大地的雪原
如今的远方呵
是一个甜美的梦
是大地花团锦簇的斑斓
为了这个梦呵
田野里翻起欢腾的麦浪
果实透着诱人的甘甜

高科技厂房彩灯闪烁
上天入地探寻大自然的迷幻
远方的路上有坎坷
需要我们去奋力登攀
远方的路上有歌声
我们顺势前行不自满
远方的路上有晶亮的汗滴
也有热烈浪漫的诗篇
为了远方的梦
我们的先人曾鲜血尽染
为了庄严的初心
我们马不停蹄往前赶
奋斗中有欢乐呵
为了远方壮美的画卷

我与老街有缘

——写在百年老街民主路修复开街之际

我与老街有缘
二十多个春秋梦境
我在这青砖褐石铺就的年轮里
留下童真的青涩与圆舞曲的畅想
恍然如昨地恋着我的课桌迷藏
母亲唤儿悠长的期盼
足印是一帧帧湿湿的忆怀

我与老街有缘
放飞梦想的办公桌上
连着老街余音袅袅升腾
她承载着一个城市的沧桑斑驳
打下一段文明的金黄烙印
自豪中的几分期许几分热望
在广袤的时空里久久回旋

我与老街有缘
今天我来故地寻梦
百年老街终究容颜焕发
却是在长长的历史隧道中
定格成一幅清晰的画卷
走在飘荡着岁月尘烟的青砖道上
我的每根血管每根神经
都在涌动着跳荡着
一种无言的叙说莫名的感动
和着梦圆的泪光
在寻觅久远的馨甜遗存
寻觅一条河流的起伏奔涌

我与老街有缘
这是我忆念中的生庆公和三和兴么
古朴阔长的台柜曾盖过我的头顶
这是我曾经的乐园大华商店味芳楼
琳琅满目的气息让我沉醉其中
卓尔不凡的典雅钟楼
别具风姿的排排商店
深情讲述老街的过去今日未来
讲述着富有远见的建设者倾注的智慧汗水

我与老街有缘

这是一条奔腾不息的长河

一条交汇着历史与现代的长河
商贸旅游探幽休闲是溅起的雪浪
装点着我记忆深处精神的殿堂
装点着一座城市的文脉品味高地
必将在阳光与星月的流转中
异彩独放芳香袭人

菊　花

菊花是秋的精灵
淡淡的清香满地间

父亲一生爱菊
每到秋天
便与菊为伴
他说菊花淡雅高洁
是花中珍品
他搜集了许多咏菊的诗句
经常吟诵抒怀
是的，菊花啜饮大自然的甘露
春风里不动声色
夏日里舒枝展叶
宜爽的秋风来临的时候
便展开笑靥
我由此想到人生

日常的内敛谦逊
当社会需要的时候
毫不吝啬施放出
生命的全部光华
哦，菊花是做人的参照
爱菊的人
深谙个中滋味

桨　声

桨声咿呀
在遥远的梦乡
还是童年时代
门前有一条河
一只渡船在游动
船上挤满了人
却并不嘈杂
只有桨声在水上飘荡
从此岸到彼岸
具有象征意义
镶嵌在记忆深处
生活也是一条河流
当桨声响起的时候
便向目标前行
或许有风浪
或许船会倾斜

只要桨声不停
便有希望在流淌
岸上的鲜花与果实
那是桨声金秋的绽放

垂　钓

平心静气
盯住鱼标
不放过一点蛛丝马迹
诱饵在深处
鱼能看见
却非时时咬钩
垂钓是在磨炼意志
机遇不总是来临
等待的过程
也是在寻觅
这是人生的哲理
就像每一天的光阴
大多是平淡无奇的
斑斓的亮色
需要时间的积累
鱼漂有时动了一下

猛然甩钩
却是空的
需要时机成熟
把握火候
也需历练
哦，一天的垂钓
生长出多丛意义

新乡贤

无论走到哪里
事业如何发达
对故乡的依恋
像家乡的河流
源远流长

古有儒雅乡绅
今有现代乡贤
以嘉言懿行垂范乡里
他们是春的使者
扶贫济困
让乡亲展开脱贫的笑颜
因贫辍学的孩子
渴盼朗朗的读书声
是他们洒下春雨
滋润着干涸的心田

邻里之间相争
他们以威望与真诚
使乡邻重叙友情
他们是美德文化的传播者
在乡镇村里修起画廊
图文并茂
也把真善美的长廊
修在乡亲们的心里
哦，现代乡贤
新农村的一道亮丽的风景

秋雨缠绵

秋雨缠绵
像密密匝匝的针脚
刺红了饱满的果实
在清凉的雨丝中
小草依旧青翠
秋雨与春雨不同
春雨是分时节的
让万木绽芽吐蕊
而夏雨是热烈酣畅的
让大自然经受一次洗礼
秋雨却绵长时久
像浪漫的思绪
悄然走进人的心灵
而人的灵魂的塑造
也像这霏霏秋雨
久久为功

有的人
贪图一时的冲动
似乎花开艳丽
却只是短暂的一瞬
有的人
志存高远
一生都在追求
在一块平凡的地方
创造出不平凡的业绩
像这缠绵的秋雨
让时光映照出灿烂
滋润着历史的画卷

远 航

在遥远的海岸线上
希望之火在闪耀着光芒
当悠扬的汽笛拉响
又开始了新一轮远航

在岁月的波浪里
探索的涛声总在飞扬
尽管有时是艰辛的
那份信念却深沉坚强

我们播种下每一朵浪花
收获着美丽的诗和远方
奋进的歌声在海上飘荡
学海鸥在暴风雨中搏击风浪

这是追求真理的航行
智慧与汗水之花在怒放
一次又一次的远航
铸就成圆梦的辉煌